Coordinador de la colección: Daniel Goldin
Diseño: Joaquín Sierra, sobre una maqueta
original de Juan Arroyo
Diseño de portada: Joaquín Sierra
Dirección artística: Mauricio Gómez Morín

A la orilla del viento...

para Julia y Olivia

Primera edición en alemán: 1992
Primera edición en español: 1995

Título original:
Gustav Bär geht in die Schule

© 1992, Benziger Edition, Arena Verlag GmbH, Würzburg
ISBN 3-401-07091-6

D.R. © 1995, FONDO DE CULTURA ECONÓMICA
Av. Picacho Ajusco 227, México, 14200, D.F.

ISBN 968-16-4726-2
Impreso en México

TILDE MICHELS

ilustraciones de
Carmen Cardemil

traducción de
Viviana Aguirre

GUSTAVO
va a la escuela

FONDO DE CULTURA
ECONÓMICA

Cop.1

❖ El oso Gustavo es grande y fuerte, pero de pequeño no era así. Como todos los osos grandes y fuertes, alguna vez fue un cachorrito.

En aquella época vivía en una cueva acogedora, con mamá Osa, papá Oso, su hermana Olga y su tía Lili. Gustavo tuvo que aprender todo lo que un oso debe saber. Sus papás le enseñaron a treparse a los árboles, a pescar, a desenterrar raíces, a obtener miel de las abejas salvajes, y también a cuidarse de sus enemigos.

Como todos los osos, de pequeño, Gustavo era muy curioso. Le gustaba salir a pasear por el bosque y las praderas. Una mañana, en el camino se encontró a una niña. Ella llevaba en los brazos un enorme cono de colores.

—¿A dónde vas?
—le preguntó Gustavo.

—A la escuela
—respondió la niña.

—¿Por qué llevas ese cucurucho? —quiso saber Gustavo.

—Es para la escuela —explicó la niña.

—¿Y qué tiene adentro? —volvió a preguntar él.

—Cosas ricas para comer: chocolates, paletas y ositos de goma.

—¿Ositos? —Gustavo dio un brinco del susto—. ¿Los niños se comen a los ositos?

—Sí, pero sólo a los que son de dulce. ¿Quieres probar uno?

La niña abrió el cono y sacó un osito de goma.

Gustavo vio que era de color rojo y muy pequeñito. Entonces se atrevió a acercarse. Con mucho cuidado lo tomó con sus garras y se lo llevó a la boca.

—Sabe rico —dijo—, casi tan rico como la miel.

—Tengo que irme. Si no llegaré tarde a la escuela —dijo la niña.

—Espera, todavía no entiendo de qué se trata la escuela —le dijo Gustavo.

—Yo misma no estoy muy segura —contestó la niña—. Hoy es la primera vez que voy. ¡Ven conmigo!, y así podrás ver cómo es.

—¡Síííí! —se entusiasmó Gustavo—. Voy contigo.

—¿Ahora? —preguntó la niña.

—No, ahora no puedo, tengo que ir de pesca con mi papá. ¡Pero mañana iré contigo!

—Está bien —dijo la niña—. Aquí nos veremos.

—¿Oye, cómo te llamas? —preguntó el oso.

—Katia, ¿y tú?

—Yo me llamo Gustavo.

—Hasta mañana, Gustavo.

—Hasta mañana, Katia.

Se alejó de prisa y se internó entre la maleza. Saltó y corrió hasta llegar al límite del espeso bosque. Ahí se encontraba la entrada de la cueva de los osos.

Aun antes de llegar, se oyeron los gritos impacientes de Gustavo:

—¡Mamá, mamá, quiero ir a la escuela!

El interior de la cueva era cálido y acogedor. Olía a piel de oso y a galletas de miel.

Todos estaban en casa: mamá Osa, papá Oso la tía Lili y Olga, su pequeña hermana. La tía Lili, que era redonda como una pelota porque comía muchas galletas de miel, batía la masa de un pastel.

Gustavo se detuvo en medio de la cueva y volvió a gritar:

—¡Quiero ir a la escuela!

—¿A la escuela? —gruñó papá Oso—. ¿Para qué?

—Porque es muy divertida y los niños llevan golosinas en grandes cucuruchos de colores —explicó Gustavo—. Voy a ir mañana. ¿Me darán un cucurucho?

Papá Oso movió la cabeza. Mamá Osa movió la cabeza. Olga miró a su hermano con asombro. Sólo la tía Lili se emocionó. Aplaudió y gritó:

—Tú también llevarás un cucurucho. Ya sé cómo lo vamos a hacer. En la orilla del río crecen plantas con hojas enormes.

La tía Lili buscó la hoja más grande y con ella hizo un cono, que llenó hasta el tope con galletas de miel.

A la mañana siguiente, Gustavo se encaminó con su cucurucho a la vereda del día anterior. Katia todavía no llegaba. Gustavo se sentó sobre una piedra a esperarla. De rato le dio hambre y se comió dos puñados de galletas de miel.

Por fin vio a Katia bajar por el campo. Pero no traía ningún cucurucho en las manos sino una mochila en la espalda.

—¿Dónde está tu cucurucho? —le preguntó.

—Pero Gustavo —contestó Katia—, sólo se permite ir con un cucurucho el primer día de clases.

—¿Y después qué pasa? —volvió a preguntar Gustavo.

—Después lleva uno la mochila.

—¿Entonces llevas en la mochila las paletas y los ositos de dulce? —investigó Gustavo.

Katia movió la cabeza.

—Adentro hay libros y cuadernos.

—¿Libros y cuadernos? —Gustavo hizo un

gesto de decepción—. Pero ésos no se pueden comer. ¿Para qué los necesitas?

—Para aprender —dijo Katia—. Vamos, tú también podrás aprender.

—Sí, pero no tengo mochila —se quejó Gustavo.

—Eso no importa —dijo Katia para calmarlo.

—Sí, pero... —comenzó Gustavo de nuevo—, si hoy nadie va a llevar su cucurucho, yo tampoco lo quiero llevar.

—Entonces déjalo aquí —le propuso Katia—. Cuando regresemos lo recoges.

—Buena idea —exclamó Gustavo. Colocó su cucurucho tras una piedra y siguió a Katia.

En la escuela, de inmediato, toda la clase rodeó al oso. Empezaron a gritar al mismo tiempo.

—¡Qué lindo!

—¿Es un oso bailarín?

—¿De dónde lo sacaste?

—¿Siempre lo vas a traer?

En ese momento se abrió la puerta.

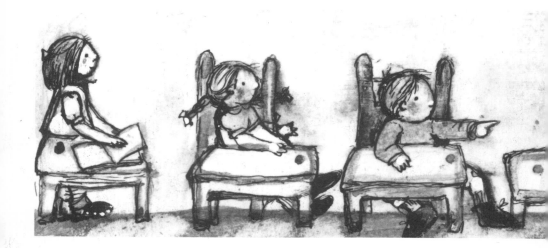

—¿Qué es este escándalo? —exclamó la maestra—. Niños, tomen sus lugares, por favor.

Entonces descubrió a Gustavo, sentado junto a Katia. Sonrió y dijo:

—¡Oh!, trajiste tu osito de peluche. ¿Él también quiere aprender?

—¡Osito de peluche! —murmuró Gustavo molesto.

Pero Katia le susurró que se quedara quietecito.

Comenzó la lección. La maestra dibujó dos manzanas en el pizarrón. Con la regla señaló primero una y dijo:

—Uno.

Luego señaló la otra y dijo:

—Dos.

Se volvió hacia la clase y empezó a explicar:

—Ahora van a aprender los números y si alguna vez comen manzanas, van a poder contar cuántas se comieron.

"¡Qué tontería!", pensó el osito. "Yo me como

todas las que quiero hasta quedar satisfecho. No necesito contarlas."

Más tarde la maestra escribió algo en el pizarrón.

—Aquí dice ANA. Una A, una N y otra A. ¿Alguien de aquí se llama Ana?

Una niña levantó la mano.

—Lo ves —dijo la maestra—. Ya puedes leer tu nombre.

El pequeño oso volvió a pensar

"¡Qué tontería! Ana sabe cómo se llama. No necesita leerlo en el pizarrón."

Estar tanto tiempo sentado y sin moverse fue muy difícil para Gustavo. Se balanceaba de un lado a otro. De preferencia se hubiera marchado. Por suerte pronto sonó la campana y se pudieron ir a casa.

El pequeño oso brincoteaba en torno a Katia. Cuando llegaron a la vereda buscó su cucurucho. ¡Pero éste había desaparecido! Es decir, no totalmente... sólo las galletas de miel. La hoja verde se encontraba a un lado de la piedra, rodeada de migajas.

—No hay problema —dijo Gustavo—. Tal vez

pasó por aquí alguien que tenía muchas ganas de galletas de miel. ¿Por qué no las habría de comer?

Siguieron caminando, de pronto Gustavo exclamó:

—Por aquí tengo que cruzar para llegar al bosque.

—¿Vendrás mañana de nuevo a la escuela? —le preguntó Katia.

El pequeño oso se rascó la oreja izquierda, luego la derecha.

—Es que... —dijo, y calló por un momento.

—Es que, ¿qué? —insistió Katia.

—Pensándolo bien, ¡no!

—Pero Gustavo, ¿es que no quieres aprender?

Otra vez, Gustavo se puso a pensar un rato antes de contestar:

—Los osos, tú sabes, los osos aprenden cosas totalmente distintas. Unas mucho, mucho mejores.

—¿Qué cosas? —quiso saber Katia.

El osito no quería dar largas explicaciones y dijo:

—Yo te las voy a enseñar. Entonces verás cómo con nosotros todo es mucho, mucho mejor.

Quedaron de verse por la tarde.

—¿Puedo traer a Beni? —preguntó Katia—. Él es mi mejor amigo.

—Si quieres —dijo Gustavo—. Los espero junto a los grandes pinos, en el lindero del bosque.

En cuanto Katia y Beni llegaron, Gustavo empezó la lección.

—¿Saben cómo trepar a los árboles?

—¡Claro! —exclamaron los niños.

—¡A ver, háganlo! —ordenó Gustavo.

Katia y Beni buscaron un árbol. Sus ramas llegaban hasta el suelo. Se impulsaron hacia las primeras ramas y después treparon a las siguientes.

Gustavo hizo un gesto de decepción.

—¡Como los monos! —refunfuñó.

Entonces señaló un pino sin ramas en la parte inferior.

—¡Háganlo ahí!

—No se puede —dijo Beni—. El tronco está muy liso y no podremos agarrarnos de ninguna parte.

—Era de esperarse —dijo Gustavo entre dientes—. Algo así no les enseñan en su escuela.

Se colocó ante el tronco del pino y comenzó a trepar. Mientras tanto dirigía:

—¡Brazos arriba! ¡Clavar las garras! ¡Impulsarse! ¡Brazos arriba! ¡Clavar las garras! ¡Impulsarse! ¿Vieron?

Volteó hacia Katia y a Beni

—¿Vienen o qué?

—De veras es imposible —gritó Katia—. Mira, nosotros no tenemos garras.

—¿No tienen garras? —gritó Gustavo—. ¿Cómo se puede vivir sin garras?

Katia se miró las manos. Hasta ese momento había vivido perfectamente bien sin garras.

—Está bien —dijo Gustavo con cierto tono

presuntuoso—.
No pueden trepar
como osos, sólo
saben
columpiarse
como monos. Tal
vez por lo menos
les puedo enseñar
cómo pescar.

Los tres se
dirigieron hacia el
río. Frente a ellos,
casi en la
superficie, nadaba
un pez gordo, y
Gustavo repitió:
—¡A ver,
háganlo!
—¿Sin caña de
pescar?
—preguntó Beni.

—Por supuesto —respondió Gustavo.

—Intentémoslo —dijo Katia y miró a Beni.

Se metieron al agua con cuidado; apenas les llegaba a las pantorrillas. Beni se agachó. Estiró los brazos por la superficie intentando atrapar al pez.

En un tris el pez desapareció y Beni cayó al agua.

El pequeño oso bailó y cantó:

—Ja, ja, je, je.

Beni trató de pescar
y al agua fue a dar.

Beni salió del agua estornudando.

—No tienes que reírte —gruñó—. ¡Mejor
enséñanos cómo se hace!

—Es muy fácil —dijo Gustavo—, sólo deben
tener paciencia.

Se metió en el agua poco profunda y esperó.
Esperó mucho tiempo sin moverse. Algunos peces
pequeños pasaron junto a él. Entonces llegó un
pez gordo. Se detuvo a su lado. De repente,
¡plach!, Gustavo metió una de sus garras al agua,
sacó al pez y lo aventó hacia la orilla.

—¿Vieron?

Por el brillo de sus ojos se veía que estaba orgulloso.

—Ahora háganlo ustedes.

Katia y Beni intercambiaron miradas. Él se encogió de hombros y ella dijo:

—Nuestras manos son demasiado lisas. Si tuviéramos garras también lo podríamos hacer.

Gustavo soltó una risita.

—¡Por eso digo! Sin garras sólo hacen las cosas a medias.

Como no estaba hambriento, regresó el pez al agua. Después miró a los niños pensativo.

—¿Qué les podré enseñar? Más bien creo que no están hechos para cosas de osos.

—¿Cómo? —preguntó Katia.

—Pues mal hechos —dijo Gustavo—: sin garras, sin piel de oso, con una piel tan delgadita. ¿Cómo les voy a enseñar a quitarle la miel a las abejas?

Los llevó hacia un árbol. Del tronco hueco salieron zumbando las abejas.

—Cúbranse —les aconsejó Gustavo.

Los niños miraron desde lejos. Gustavo arrancó un pedazo de panal, lo llevó hasta ellos y lo partió en tres.

—Sabe rico, ¿no? —dijo.

Mientras tanto masticaba y saboreaba.

—¡Qué bien lo hiciste! —dijo Beni.

Gustavo se balanceaba de un lado a otro orgulloso.

—Nosotros los osos podemos hacer estas cosas. Además mi piel gruesa es muy práctica, las abejas no la pueden traspasar. ¡Pero ustedes con su piel tan delgada! Si les llegan a picar las abejas, seguro se hincharán como globos.

—Entonces, ¿qué más nos puedes enseñar? —preguntó Katia.

Gustavo pensó y después les dijo:

—Sólo conozco cosas para las que se necesitan garras y piel gruesa.

En ese momento se oyó un fuerte rugido proveniente del bosque.

—Ése es mi papá —exclamó Gustavo—. ¡Tengo que ir a casa!

Se dio la vuelta y se apresuró a echar la carrera, pero Katia lo detuvo.

—¡Primero dinos si vas a regresar!

Gustavo movió la cabeza.

—A su escuela, no. Para osos es una escuela muy tonta.

—Eso ya lo entendimos —dijo Beni—, pero de todos modos podemos volver a vernos.

El osito asintió con la cabeza.

—Eso sí que podemos. Seguro que sí. Mientras tanto voy a pensar en algunos juegos que puedan jugar sin tener la piel gruesa ni garras. Y también traeré galletas de miel. ¿Hecho?

—¡Hecho! —exclamaron Katia y Beni.

Y miraron al pequeño oso, hasta que desapareció entre los árboles. ❖

Este libro se terminó de imprimir y encuadernar
en el mes de diciembre de 1995 en Impresora y
Encuadernadora Progreso, S. A. de C. V. (IEPSA),
Calz. de San Lorenzo, 244; 09830 México, D. F. Se
tiraron 5 000 ejemplares.